공동 시집

아랫마을 청년의 죽음

공동 시집

아랫마을 청년의 죽음

이시운 외

개미

지난해 12월 온라인으로 열린 세계보건기구의 제10차 건강증진국제회의와 제네바 선언의 주제가 웰빙(well-being)이었습니다. 미국의 대표적인 보건의료 분야 비영리단체인 로버트우드존슨재단에서도 웰빙을 주제로 한 단행본 시리즈를 내고 있다는 사실에 근거해 지구촌 곳곳에서 건강과 웰빙 사회(well-being society)가 화두로 일어났습니다. 이에 정신건강, 사회적 웰빙과 형평성에 대한 논의가 계속되었고 코로나19 유행 이후 회복력 있는 사회의 중요성에 대한 강조가 주를 이루며 해를 거듭할수록 더욱 일상화되었습니다.

또한 OECD국가 중 자살률이 높고, 입시와 경쟁으로 인한 청소년의 정신건강문제, 1인 가구 증가로 인한 외로움의 문제, 사스, 메르스, 코로나19 등 신종 감염병으로 인한 스트레스 우울감 등은 장애·비장애 문제만이 아님은 주지의 사실입니다. 이러한 문제의 해결을 위해서는 정부나 지방정부 그리고 현장에서의 우리의 삶과 일상을 바꿔 나가는 다층적 접근이 필요합니다. 그러한 노력이 성과를 이루어 낸 곳이 전문예술단체 〈장애인인식개선오늘〉입니다. 전문예술단체 〈장애인인식개선오늘〉에서 일련의 노력으로 이어 온 '대한민국장애인창작집발간' 사업은 장애인의 창작활동을 지원하고 장애인문학의 대중성을 확보하는 선구적 혜안의 선택이었습니다.

2022년 전문예술단체 〈장애인인식개선오늘〉은 제17회 대한민국장애인문화예술대상 최우수상인 국무총리표창을 수상하는 뜻깊은 성과를 거두었습니다. 장애인문학의 성장을 이끌어내고 장애인문화운동의 대중화와 장애 · 비장애 소통을 위해《문학마당》을 지속적으로 발행해 온 꾸준한 노력의 결과입니다. 이러한 장애인문학 창달에 공로가 있어 표창한다는 공적 사실은 대전광역시와 재)대전문화재단의 장애인창작활동지원사업이 공적인 기록으로 남겨지는 빛을 발하게 되었습니다. 이로써 타 시도 지방정부와 비교해 대전광역시가 장애인문화운동의 중심이자 거버넌스 구축의 현장임에 분명해짐은 물론이고 사업의 지속성과 더한 노력이 각별하게 요구되며 큰 비전을 통해 새로운 성과를 모색해야 되는 시점에 이르렀습니다.

그동안 전문예술단체 〈장애인인식개선오늘〉은 '사회

적 가치'에 관한 학술적 접근을 시도했고 한국 사회적 경제, 사회적 가치, 공유경제, 공유재로서의 장애인문화운동의 성과를 드러낸 중요한 연구분석 결과물과 2022년 창작집 4종 4,000권을 발행했습니다. 결국 이는 이해당사자인 장애인들의 권익의 문제이고 '사회적 함의'를 통한 장애인인식개선을 위한 장애인문화운동임이 분명합니다. 참여한 모든 이들의 치열한 노력이 비록 민·관의 밑빠진 독에 물붓기의 지난한 노력이라 할지라도 공공의 선을 위한 눈물겨운 약속이자 어려움과 고통을 견디는 뜨거운 사회공헌이었음을 밝힙니다.

2022년 12월
전문예술단체 〈장애인인식개선오늘〉
대표 박재홍

자라투스트라의 말처럼 인간은 신체입니다. 자기 극복과 자기 초월의 과정을 삶이라고 부릅니다. 즉 생물학적 개념을 넘어 삶은 신체의 존재 방식 중 하나입니다. 그래서 인간은 육체와 영혼의 이원적 해석으로는 규명될 수 없는 존재라고 할 수 있습니다.

예술은 장애를 차별하지 않는다는 말은 이성중심의 인간관이나 육체 중심의 인간관이 인간의 신체적 특징에 국한한다는 것을 간과하는 것입니다. 인간을 '총체성'으로 파악하는 존재로서의 인간은 '자신'일 수 있습니다. 장애인문학에 있어 시(詩)는 장애인 문인들 혹은 장애인 문화운동의 다양한 방법론적 내용이 갖는 형식은 작은 존재일지라도 사회적 차별과의 지속적인 싸움을 통하여 엄청난 힘으로 확산될 수 있다는 증명서 같은 것입니다.

실제 사례로 전문예술단체 〈장애인인식개선오늘〉은 장애인 창작활동지원과 '사회적 가치'에 관한 학술적 접근을 시도했습니다. 또 이러한 일련의 노력을 한국의 사회적경제나 사회적 가치 그리고 공유경제와 공유재로서의 민관협력을 추구하는 장애인문화운동의 성과로 도출해냈습니다.

2022년 그 결과물로 창작집 4종 4,000권을 발행했습니다. 그중 1종은 언급한 대로 이시운 시인, 이경숙 시인, 정상석 시인, 故 이민행 시인을 동인지로 특정해 4부로 엮었습니다. 결국 이는 이해당사자인 장애인들의 권익의 문제이고 '사회적 함의'를 구하여 장애인인식개선을 위한 장애인문화운동의 일련의 노력임이 분명합니다.

여기에는 공동체의 참의미와 구성원으로서의 책무에 대한 이해가 높은 분들이 참여하였고 참여한 모든 이들의 공동선(共同善)을 위한 치열한 노력을 통하여 공공의 선을 위한 민·관의 협력을 이끌어 내어 밑빠진 독에 물붓기의 지난한 싸움을 견디어 내는 눈물겹고 뜨거운 사회공헌이 있었음을 밝혀 드립니다. 특별히 대한민국장애인창작집필실 동인으로 참여하여 활동하다 소천하신 故 이민행 시인의 발표된 원고를 유작 원고로 삼아 다시 재수록함을 밝혀 드립니다.

2022년 12월
대한민국장애인창작집필실 동인 일동

공동 시집 _ 아랫마을 청년의 죽음

차례

2부
이경숙

3부

정상석

4부
故 이민행 추모시선

/

1부

이시운

기도

　숨어도 보이는 넝쿨 장미처럼 각자의 삶은 빛난다 저마다 가진 질그릇의 모양처럼 어우러지고 인정하는 각자가진 특별한 빛이 있는 발원처를 갖고서 적요함 속에 깃들어야 비로소 만나지는 속마음

감사

주머니에서 충만함을 꺼냅니다 아주 사소한 것은 없습니다

이해

인생 그 주어진 공간 보는 대로 다르다 낭떠러지 끝자락 그 언저리 바람 불면 떨어질 듯 아슬아슬 초점 없이 허망하게 서서 탓하며 바라보는 마음이 스스로의 인생 뒤흔들고 낭떠러지 끝자락 그 언저리 한 발짝 걸음 내어 딛자 바닥 향해 떨어질 때 용기 내어 손을 뻗자 한 줄기 따듯한 온기가 다가옵니다 서늘한 바람으로 찾아온 아주 작은 것 용기 나를 향한 화해에 이르게 됩니다

고백

시간 정해졌고 살아가는 동안의 가능성의 범주 무엇을
할지 선택 가능하다면 생명을 가진 것들을 향해 온기를
내어놓길 바랍니다 당신이 주신 달란트라면 감사하지요
허락된 그 시간 그 공간 속의 주장자를 향해 엎드리는 것
도 힘겨워 내어놓은 하루

아메리카노

불화 가득한 가슴 안고 뛰어가듯 바닷가를 향했다 거친 파도 몰아치면 화나고 괴로운 것을 던져본다 붉은 노을이 물들면 아쉬웠던 지난날의 기억이 살아나고 잔잔하게 흐르는 모습 밀려오는 추위 느낄 때 따스한 아메리카노 일상을 견디기 위한 모래성을 쌓는 단단한 물기 같은

장애인 차별

강 건너를 알 수 있다면 저 푸른 물길이 두렵지 않을 것이다 얼마나 감당해야 가능할까를 생각할 거야 때론 눈물, 때론 고통 소용돌이치는 오늘의 허기진 일상들이 보듬는 불편한 진실들 바뀌지 않겠지?

낙엽

너의 고운 맘 들여다보지 않을 거야 떠나는 마지막 순
간조차 보지 않을 거야 처음부터 끝까지 구르는 휠체어
가 낙엽 같아서 배웅하지 않을 거야

그림자

걸어간 발자국마다 따라다니더니 흔적이 없어 내려서
거나 숨는 불편한 진실 같은 흔적일 뿐

모과

    덩치 큰 나무에 매달려 가을 동안 영글어 겨울에 이르
는 단단한 햇살과 바람이 키워 달빛처럼 차오르는 못생
긴 사랑의 진실성

구원

우울하고 답답해서 울었니 아니면 아무것도 아니라고
실망했니 고개 들어 하늘 쳐다보면 그곳에 무엇이 있었
니 아이의 마음을 빌어 구원을 얻어봐

꽃

화사하게 웃는다고 이구동성 말하는 것을 이해하기 힘
들어 나는 널 보며 같이 웃어 보아도 동질감이 느껴지지
않아 도돌이표 되어가는 삶 한숨 쉬며 바라보다가 여전
히 웃으며 지켜보는 널 이해할 수 없어 김춘수 시인의 꽃
이었나봐 너는 나의 꽃은 하루를 견디는 생명력 그런 거
야

2부

/

이경숙

카르반의 밤

더는 찾아낼 수 없는 순간들을 가장 멀리하는 심령까지 온통 열려있는 문으로 가득하지만 가장 행복하게 쏟아놓은 질서 속에 네 피는 맑은 햇살처럼 마파람에 나뭇잎들의 속삭임밖에 들리지 않았다

가을비 흠씬 젖어 있는 곳 온갖 마법과 비밀을 품고 있는 것 같아 경험치 못한 새로운 욕구 비를 보며 울부짖는 내 울음 같다 고개를 들고 복부 한가운데로 한줄기 에너지를 힘차게 분출시켰다

묘미로군 자연의 웃음소리는 언젠가 유토피아적 사회를 만들게 되면 모든 사회의 구성원이 훌륭한 형태의 예술인 셈이지 라고 말하자 가을 하늘 지붕 삼고 숲속 홀로 사는 절규가 뇌 속에 접혀있는 마음의 껍데기, 메아리처럼 찬기운이 조금씩 발을 갉아 먹고 있는 듯한 불빛 하나가 어른거렸다

반가운 마음 온갖 상념을 털어내고 어지럽게 춤을 출

때만큼 행복했으리 한기로 피로감이 엄습해 온갖 상념
파수꾼의 아킬레스였다 빛을 받은 얼굴이 유령처럼 보여
구원받기 위한 캠프에 사람이 숨어 있어요, 손가락을 부
추기다 그녀의 추억에는 카르반 유숙, 아름다운 하룻밤
이었다

가깝게 사랑하는 이유

바람이 단풍을 읽어주면 단풍은 햇빛을 읊어 울면서 웃으면서 자연을 켜놓고 커다란 울음통이 되어 수련하다 단풍은 한 번 보기 아쉬워 두 번 보자고 내 작은 뜨락에 꽃 자락을 놓고 그 씨앗들 고운 정성을 담아 선물로 보낼 것을 꽃 마음으로 설레며

삶의 기적 달리 청할 하루 기력은 커피 향 몸속에 쌓여 아는 만큼 연민을 두고 가슴 저민 듯 마주한 것 앓은 미혹의 장 너는 크게 자란 멍 자국 그래도 사랑할 가치에 영지의 내 궁 속으로 가슴에 화톳불 피 방울 흘린 면도칼을 꼭꼭 쓸고 있다

넌 거침없이 펼쳐놓은 삶의 활극 서로 다른 무게로 가슴을 풀어내는 아픈 이의 군락 속 누가 이 장막을 깨워 가슴 채우는 나만의 카테고리 어디에나 낡은 생멸은 아닐까 내 안에 결핍된 꿈

그 쓸쓸한 언어

한적한 공원 벤치에 앉아
이슬 내렸던 가을바람과 뜨거운 마음을 마시고
그리움 변했던 맑은 눈물 익었어요
상처도 꽃처럼 그 갈잎 위에 향기와 노래도 없어
심중에 남은 그리움 가만히 못 잊게 하나 봐요

한적한 기도로 아쉬움 남긴 유언
이처럼 가을은 홀로 지내기엔
쓸쓸한 계절인가?
상처 난 날의 끝없이 무너져 홀로서기
잔잔하고 고적한 계절인가 봐요

연민과 낯익은 수사 수두를 앓듯 깊은 시련
존재의 통각들이 생생하게
고통과 불안을 온몸으로 밀고
나약한 심신 흉상 깊어 H텔레콤이란 곳이
길을 건너야 할지 저 세상으로 되돌아가야 할지

흰 이를 드러내며 통화 중인 광고 모델의 사진을
우두커니 들여다본다

끝없이 무너지는 필력
시련 안에 부풀 미화한 황혼기에 설치작가 B의 슬럼
프를
저물 수 있는 사연 속이었지만
완전히 어두워졌다
생맥줏집 패밀리 레스토랑 목욕용품점
레온 불이 후드득 꺼졌다가 고압의
전류를 뿜으며 타오른다

마음 내려 밤새 우는 청상의 서리길
갈잎이 풍성이 쌓인 길 위를
건너 한의원 간판 외롭던 시기
억울하게 울던 지난 병중 기회주의 영상이
바쁜 일상으로 가을을 다 헬 수 없이
길은 방황의 시접이며 진리의 아우성이
바람에 진다

비련 悲戀

누구도 용서할 수 없는 살아가기 답답하고 목마를 때
뇌리에는 죽지 않은 기다림 마음의 크기는 아니요 세상
의 이치는 어린아이의 눈빛을 하고 세례수로 한 생을 이
상의 가지 위에 발갛게 걸어두고 겨울 항아리에 가득 담
긴 나의 언어로 포도주를 짜야겠습니다

추운 마음 외롭다는 것은 느슨한 팝송처럼 해 질 무렵
더욱 따사롭게 다가서는 것 나부대며 부신 거리 여름내
상처가 나 너도나도 익어서 염려되었습니다

감미로운 클래식 음악을 켜고 따뜻한 모닝 커피를 마
시며 여유롭게 책장을 넘겨 일상의 고단함과 피로를 달
래주는 소소한 행복은 시를 쓴

그 분망한 여유도 앗아가는 슬픈 야성에 겨울이 오면
더 진한 눈물 이별의 시를 쓰고 눈 속에 묻어 허공에 엮
다 보면 가을이 머문 슬픈 무소유인 길이 슬프고 기도를
챙기며 운명처럼 어지러워 절망을 두려워하는 예지자인

가?

숲사이 강물은 낮은 곳으로 모입니다

그 겨울 맑은 소리

니콜라우스 하얀 생에 뛰어들어 따스한 겨울이 되고
싶어
안주하며 더는 못 감출 세례로 침묵을 깨고 숨차게 영
글

한 병사의 전투모 덮개에 적힌 문장 글귀
몸은 죽어도 영혼은 능히 죽이지 못하는
오직 몸과 영혼을 진정 간절한 다독임이다

호수처럼 맑고도 청량한 밤 트리에 꾸며진 시그널 불
빛이 꿈을 꾼 듯
쓰리고 아팠다 설렘으로 흰 눈이 유독 많이 내린 날
사랑한다는 언약 침묵같이 미묘하게 힘을 잃고 떠난

그의 혼은 어머니의 미소처럼 연서 허공에 헤매고 예
술이란
온기를 주던 파르르 떨며 회한 아득해지고 잃은 사랑
생명의 비의 햇솜 젖듯 슬픔을 이겨내지 못해

가난한 미망의 길 그 앓은 세정파열의 아픔
넋 빼앗겼다

가난을 부수고 캐럴이 아프게 칭얼대는 것 같다
넋을 고이 보내리 병실 안이 흐느낀다

그립지 않겠소?

보랏빛 진화

내 목숨 이어가는 참 맑은 하늘을 먹었습니다
앞산에 고운 잎 다져 봄빛 깊숙이 묻어 둔 밀알
한 줄기 햇살의 은총 다정하게 보듬어
건강 챙기며 목숨 지키며 잘 지내고 있습니다

저 산 눈 내리기 전 수채화 맴돌다 멈추면
걱정 반 관심 반 커피 한 잔
낙엽, 기슭에 길 잃고 날릴 때 쯤에도
다정하게 보듬어 주며 새 힘을 갖게 합니다

때론 찬바람에 베어버린 잔가지 같아
맘 시려도 여전히 창 두드리며 살 수 있다는 것은
봄을 꿈꾸는 세레나데

여름의 소중한 꿈을 기다리며 참고 자라
영원을 앓고 기도하며 새벽에 이르는
그분이 오시는 밤이 자라고 있으니까요?

빈하게 목숨 줄 이어가는 너무 고운 당신을 묻고도
여전히 춤추며 노래하면 대기大氣는 생기 돋아
새 힘을 갖게 합니다

티끌 같은 소회

자신감을 잃은 것처럼 남아 있는 것은
아무 흔적없이 지워버려!

아! 사랑은 저 물과 같은 사람이다
저들도 밤새껏 잠을 깨워놓고 도란도란
하염없이 흘러내려 가는 막내의 물소리처럼
문득 가버린 사랑이다

진솔을 모두 불태운 더미
봄이 오면 냉이와 씀바귀가 기적같이 피어오르는 곳
세월이 새로 살아나고 지옥에서도 거듭나는 날
창백한 얼굴 위에 눈물이 줄지어 흘러내려
턱밑에 맺혀 있고

격정적으로 가슴속에 넣어 숨 쉬고
연기처럼 흩어버릴
무력이 줄지어 흘러내린 것처럼 꼭 껴안아
헝클어진 머릿결이 소슬바람에 일어나 나부꼈으며

손을 들어 재워 주었다

산에 은거한 자들에게는 맞춤한 계절이
돌아오는 셈이다
바람에 낱낱이 떨고 있는 나뭇잎을
올려다보며 해가 바닷속에 잠겨
장차 밝게 떠오르는 것을 안다

은거한 자들이여
뜨거운 캔 커피를 몰약처럼 마시며 졸음도
허기도 인적없는 입술을 대지 않고
손등으로 닦아내며

저! 얼음 조각같이 차가움에 굳어진 명치를
고통이, 연료들이 웃음소리
부신 햇살이 울음 속에 울렸다
눈송이처럼 너에게 가고 싶다

혼자 있는 시간의 힘

가을에 창문을 열면 어디쯤 메말랐던 가슴도
감성으로 물들어 갑니다

감사의 말을 찾지 못해
나는 조금씩 쓸쓸한 가을입니다
받은 만큼 아니 그 이상으로 넉넉함과
가을 햇볕의 따스함이 당신께 좋은
선물이었으면 합니다

이른 아침 첫눈이 날려 앓는 이에게 담긴 문안
조금은 다른 오늘, 희망은 깨어
하늘이 맑으면 내 마음도
뜨거운 입김 비어져
사랑하는 사람이여!

잘 익은 가을바람의 장난도 맑고
내 마음도 맑습니다

오랜 세월 사랑으로
그대의 붉은 정열 뿜어낸
뜨거운 사랑 기척 없어
슬프고 아득한 일 같습니다

잠깐 쉬다 보니 이별을 두고
말 없던 낭자한 풋사랑 구르며
왜 그런지 아득히 재촉한 듯
어지럽고 아파만 옵니다

이 세상은 제각각
다정도 병인가 봅니다

마주한 얼굴

어두워지면 레이저쇼를 본다는 설렘
열정적인 청춘의 불꽃들 음악이 흐르고
치유의 일상은 매일 침대에서나 방안 생활에서
친근하고 한층 자애의 손길이 필요하다

지치지 않은 생각 중에 하루가 안정으로
많은 사연이 불꽃같아 앉은 자리를 향해
무언가 말해야 할 때 불사르며
매일 닦아내는 뒤엉켜 살은 날도
안으로 빛이 내린다
슬프게 분주해지는 손길

하루 중 한중간에 기를 편다
뜨락에 레이져 빛이 영롱하게 비치고
생음악과 기타의 어울림이
계약과 상관없이 노래가 애절 가극처럼 어둠을 헤집어
사랑 목이 말라도 깨어난다
내 곁에 애절한 소망과 건강의 염려가 뛰어도 사랑은

아무것도 일어나지 않았고 복지사의 관심이
어느 벽으로 뛰어오른다
따뜻한 마음과 모두의 건강한 마음이
필요의 불명의 불꽃이 타오르면
앉은 자리에서 온기가 스친다

메시멀룬과 생강차를
불명의 손길은 포근하고 행복하다
사랑의 씨알들이 모두 평화와 안정을 주며
소망의 불꽃은 건강의 정점에서
자꾸 생각나는 추억의 페이지다

숲처럼 자란

서로 힘이 되고 격려하며
마음의 풍요 부끄러움 없이

핸드폰이 울려면 치유의 모색과 감염의 두려움에
기도가 줄줄 무엇을 위한 떨림인지 건강하라는
마음이 자랍니다

허락된 생명인거야
불안하다는 경계 접종을 받고
거리 두기 생명의 길을 향해
소망의 기도가
아름답게 자라죠

세파는 건강의 두려움을 안고
더 큰 상흔이 남지 않도록
판도라희망처럼 마음에 불안함 지울지

어제와 오늘 하루 염려로

생존본능을 끌어내어
건강한 날을 그려 보며

이제는 성가는 들리지 않아요
뜨거운 마음 침묵이 된
목련이 애처로이 떨던 날 불안했던 나날이
무한히 가지를 뻗는
예리한 빛의 양날일지도 모른다

매일 열을 점검하며 마스크로
호흡법을 익히며

팬데믹 닦으며 뒤엉켜 산 날도
뜨거운 침묵이 저항한다
허공에 가지런히 놓고
천사같이 분주해지는 손길
이웃의 기도가 된다

코로나 블루

가슴으로 쏟아지는 봄 햇살은
계절따라 삶의 행복 약속을 위한
강건은 날개와 같아서 모든 일상을 바쳐야 한다

햇빛이 노는 길목에서 봄의 군단이 질주하고
울렁이는 욕망은 등이 굽어 어둠을 건너는 경건한 고
독
세차게 퍼덕대며 검진을 기다리는 의구심 많은 사람들

입안과 비강의 깊은 감각이 바늘 끝처럼 또렷했다
남은 날의 원의는 고열의 격리며
검진 차림의 의료진들 환우가 생기고 창백한 얼굴에
염려가 흘러내려 턱밑까지 맺혔다

올봄 거듭난 생사가 씀바귀 냉이꽃이
기적처럼 피어오른 새로 돋아나
격정을 껴안고 안온의 경지로 접어들게

격리된 환우들 목 아픈 진통으로
눈빛 외롭고 추운 마음
격리된 병실 일상의 짐을 벗고
닿을수록 빛을 내는 숨어 핀 도움
저 봄물 같은 사람들
임시 거처에도 깨우친 사명으로
완치로 거듭나네

비움의 의미

그녀가 건넨 떨며 하는 말이었다
긴 말이 우월해 보이지만
누군가 조금 보탬이 되어달라 한다

건강이 중요한 환우에겐 그냥 굴러가는 오렌지가 아닌
살려주려면 지금 통증 덜하며
하늘이 잘 보이는 산책길 어머니하면 진달래 핀 기슭
그냥 흐르는 메아리 그리움 피어난다는,

날카로운 심령이 조그맣게 만드는 편협한 영들
아팠던 공간에 관심이 스며들 듯
아직 알아가는 중이지만
구름이 되는 꽃 피는 계절에 꾸밈없을 생동의 냄새
금세 돋아 생에 겁 많은 하얀 맛이 난다

외로움의 조각을 밟고 조그맣게 만들지 말자
나도 문득 외로워진다 경이로운 봄을 만나
꽂진 빈 가지 사랑이지는 것도 모른다

내가 전율한, 흔들어 놓은 일상 투정과 죽는 날까지 아
프고
배고파야 하는 새롭지 않은 삶의 시각들

누군가 부정하며 변하지 않은 일상의 투정
느끼지 못한 순간 자신의 예감 조용히 소름 돋을 때
밀실의 외출 잠음 같아

허물을 덮어주려면 몰래 별도 떠야겠지?
아득한 혼자 말처럼 꽃 핀 인정에
빗방울 아득해진다

사는 것의 애증

언덕에 핀 벚꽃 너는 가슴에도 피어
몸을 태우는 애가哀歌
순결한 목련이 등불을 바쳐 웃고
살펴 간 하늘가 오늘은 철없어
다 하지 못한 부끄러운 까닭

먼지로 만든 아담의 심장
뛰는 소리가 너무 커서
혼잣말 사랑이 무너지고
날리는 향기에도 별빛 내린 언덕에
많이 흔들리며

벚꽃잎 지는 화신으로 두루마리를 펴고
사는 것이 매일 상처 난 기억이어서
몸에다 글을 뽑아
슬픔이 더 해도
마지막 자랑처럼 익혀보고 싶었단다

봄빛 있음에

시간의 조각 핼로윈 유령처럼
삶의 계곡에서 입맞춤 같은 봄빛

멧비둘기 울던 뒤뜰
몸이 간지러워 무사한 생몰 연도가
빵만으로 흡족하지 않은 허풍선
잃어버린 기억 눈 뜨네

나의 마임, 봄일 때 지구본 돌며
맑은 혼령의 햇살 고난의 심장 안에
텅 빈 하늘 아래 믿으며 삶을 위로하는
비문 높고 맑은 한편의 팔레트

아무 걱정 없이 벚꽃잎 흩날리는 미로
물성을 사르며 철 지난 울음을 짓네!

세상빛 찬 미소 한 모금
부딪히는 의로움 더 오래 기억을 헨다

깨워 주는 편지

빗방울의 춤과 무성한 언어의 넋
타임이라 외치며 피는 눈동자
차(茶)향 짙게
함부로 지낼 수 없는 겸허

언덕에 올라
해맑게 웃는 너는 용서의 미안으로
밀랍 날개를 달고 다가간 이카로스

한 철 핀 혼령 저렇게 깨며 웃는데 실비 내린 후
촉촉한 눈망울 웃음소리 진한
울림으로 너!

빛은 눈을 뜨게한 분망한 이유
가슴에 담은 의거 믿지도 않은 거야

밀서를 숨긴 게릴라 향
너의 열정 담긴 순만 한 웃음

붉은 동공 가슴에 담아
영혼 밉지가 않은 거야

샛별의 고해

절대로 어둠에 혼자 두지 않을게 들뜨도록
이별의 순간에 꽃 그림자의 하양을
내리면 여름이 온다

그의 말을 몇십년이 지난 오늘 아침 깨닫고
한 많은 가슴이 말라가고 있음을 느낀다
생명선 끝까지 안녕이란 말인가?

사랑의 기술은 멀고 하늘은 높아
매일 노정의 일주 염려 깨우던
우리가 잃어 온 많은 봄인데
도대체 무엇이 이렇게 아프게 할까?

시그널만 공중에 우는 진실
소박함은 더 사소한 그것이 아니다.
전쟁의 두려움에 바람개비를 돌리고 있다

속삭여 보는 기도는 새벽이 지나면 또 하나의

슬픈 해거름으로
매력이란 꽃말을 가진 파스텔이다

꽃들이 샘물을 마시고

붉은 작약 화단에 옮겨 피어
이국에서 수련하려 오신 마르틴님의
조용한 인사 같아

작약밭에서 사진도 찍고
화장처럼 피어오른 초연을 향한 서성임
붉은 선혈 자랑처럼 남긴 꽃

묵정밭 한약재를 심어
웃음소리를 다소곳 그 후 많은 심장에
귀를 대고 구름 위로 가슴을 댄다

신록 조잘대는 언어들의 해설
슬픔 많은 치사랑
두렵고 착한 빛은 어둠에서 사랑을 번역하는
성령으로 돌아오겠지!

삶을 바라보는 눈동자처럼

정오의 초침처럼 삶을 음미하리라

푸른 창으로 햇살을

숨이 가쁜 듯 파닥거리며 봄빛이 등을 돌린다
나뭇잎이 창공을 찌르듯
온 산을 밝혀 가지 사이에 솜씨 애련하다

리모델링하면서 촉촉이 내린 그림자 편안하게 잠재우
는
심장이 궁금을 앓고 신의 축문 나비가 다가와 그의 발
등에 제 볼을 부볐다
내뱉을 수 없는 신록에 묻었다
안달이 나는 가슴을 꾹꾹 눌러 미키마우스가 그려진
분홍 잠옷을 입은 극성이 있고
정신이 명징해짐에 마치 안개를 뚫고 걸어나온 꽃들

잿빛 하늘을 들이키며 그 모든 순간에 염려하는 진한
통고
백내장 수술을 앞둔 환우가 육신의 서사가 흐르며 꿈
이 서럽다
피곤하고 산문적인 일상을 벗고 아픔의 눈을 씻겨

물오른 수목처럼 싱싱한 사랑을 퍼 올려 달처럼 고요
히 앉아 불신을 버리고

　쓰다듬어 주던 숭고. 지혜가 담긴 소망 녹아내린 사랑
일렁이는 의지다

침묵의 프로그래밍

스위스 어느 마을로 간다던
푸른 열정에서 찾아 낸 빛의 영혼아!
가슴속에도 사라지지 않아

문장은 횃불로 간직하며
햇살의 인사 푸른 하늘을 날아
파닥거린 둥지 하나를 켜는 것

달님이 오신 듯
묵언은 공룡과 눈물과 이성
프로스트의 자유를 만들려는
마법을 믿는 메타포

파랗게 하늘이 흔들릴
착각인 줄 알았더니
영혼의 버킷리스트
내 심장 속 희망으로 남겨있고
이성은 꿈으로 쓴 서언 같다

구름 낀 정원

3월의 심장은 아우내 장터에 외치던 만세소리 같아
병마와 산불로 주거를 잃어 수집되지 않은 빈약한 정
원
톨스토이의 부활의 정염과
가슴속 울어도 들키지 않은 어둠을 건네
힘든 생동의 냄새 한 덩이 구름 속
전쟁과 파괴, 화마의 종결

울렁이는 뜨거운 피와 살이 자유인지 알았다
유병이 짙게 깔린 몸에서 전쟁의 축문같이 어지럽다
한탄과 우환에도 수선화 꽃은 피어
유령의 뱀과 같은 두려움
낮은 자세로 방공호에 갇힌 타국어들
두려움의 눈동자들

3월에는 앓는 이의 혼잣말의 기도
생명을 잃지 않게
죄인에게도 숭고함이 눈 뜨게 하는

햇살 아래
힘들었던 생동의 뉴스로
평화의 눈빛 안에
병마와 투쟁의 메마른 숲이었다

햇살의 모주꾼

늑골 뼈와 뼈 사이에 햇순 트는 소리가 들린다
햇빛이 유리창을 잘라 거실 바닥에 내려놓은 정오
파닥거리는 심장 안에서 누군가 깊이 앓고 있는
치유의 언어를 물고 봄 햇살 밟고 간다
침묵 속에서 수난의 십자가가 달리 들리는 이유는
새로 태어날 통증같아 머뭇대면 숱한 시인들의
문장이 절박하다 봄빛은 나른한 인연으로
수화하는 언어로 메우며 천년을 뛰어들어
쓸쓸하고 소소한 바람 극한으로 치닫는 날
혼자 울며 담아 둘 봄빛 그릇이 향기로 채운다

사랑한다 한번도 상처받지 않은 것처럼 헐벗은 가슴으
로도
둥지 품으며 살아야 한다고 봄은
몰랐던 사연을 캐는 순수를 반겨 이 감성으로
봄빛은 희망으로 오랜 시간 그대의 붉던 입술 같다

당신이 부탁한 감사의 말로 뜨거움을 기억하며

희망은 깨어 있다

오래 단순하고 은유의 환영으로 너를 향한 부르튼 봄
바람이

걸어와 맨발이 매운 채

수억 년 징징되지 말 것 죽음을 사줄 씨앗 넣어

밟히는 것은 인식해주지 않으리라

연록을 끌고 오리라

숙맥으로 자자든 나뭇가지에 산불같이 온통 부르튼

봄볕에 소중히 가슴 풀어 놓고 짧은 인연에도

꽃나무 가지 크고 웅장하게 죽음의 시를 쓰게 하려나?

봄빛도 새순에겐 첫사랑인 것을 발밑에 물집이 시가

생겨 날, 터전인 것을 절박한 생 소중한 것들 목을 건
다

무제

후회는 깊이 하지 않으렵니다
이런 행복까지 미루고 사는 마음을 맑게 가지려고
모두가 필요한 남들에게 마음 닫아걸었던 봄날
한탄하고 우울하기보다 사랑의 선물을 저지르는
매직처럼 지울 수 없을 마음 닫아걸었던 이후

고독해도 속절없을 노력을 조용히 말하렵니다
쏟아지는 햇살까지도 외면하고 사는
나를 키우는데 모두가 수수께끼
뉘우치며 작은 약속을 소중히 하고
너무 많아 멀미 나는 세상을 지키기에
모두가 필요한 겸손한 길을 가야 합니다

마음은 바람보다 아프게 흐르며 어느새 심장으로 들어
가
영원히 죽지 않는 아침마다 다시 태어나기 때문인지
슬프게도 심령은 자주 흔들거립니다

어떤 인연은 노래가 되고 어떤 만남은 상처가 되어
하루에 한 번씩 바다는 저물고 노래는 기약 없이
고운 마음 넣어 설레며 산호빛 호수가, 떨어진 낙엽으
로 덮여
봄비 촉촉이 내릴 때 호수에서 건져낸
사랑과 행복이 봄철 씨앗의 대기실 같습니다

들판은 엘토와 베이스 음서로 유달리 모의해질까?
한두 개쯤 따뜻이 품으며 살아야 한다고
겨울을 비대면으로 살아온 너는
지금은 알몸으로 눈시울 뜨겁게 산목련 넋 떨고 있는
너에게
청솔 같은 의지 품고 해금 꽃자리 놓고 두런거립니다

희망이 없어도 희망하며

가을 시를 쓰는 마음 누군가 그 잎새 하나로
잊힌 사랑인 줄 알아 일상이 무너져 더 아파해도 안 될
곳

세정에서 바라본 상처 아닌 것 없어도
가을 구름 사이로 언 듯 비치는 보고픈 얼굴들
앓고 난 꽃 무더기, 낙화 진 꽃등 연민의 노래가
거름처럼 애잔히 슬퍼, 천국 되며
청춘 되어 꽃등 불 켜 정한이 없다 해도 소망은 그리도
많더냐?

착하게 살며 어느 하루 소용없는 날이 없건만
마음의 크기도 아니요 내 생 선택된 자유
분개하여 강한 택함에는 이유가 없고
휘몰리며 허전해진 서려운 영혼 상처 덧나 바스락거리
며
가을바람 향기 선한 믿음 앞에 슬픈 사랑
네가 떠나갈까? 가을 뜨락 애틋한 혼령

비탈진 길로 산책가다

잊지 말 것 기억할 것 인간관계를 구축할 수 있는 마음
의 지능지수
메이플 나무에 산비둘기가 앉아 교감 머뭇대며 먼 하
늘을 응시한다
수녀님이 청솔모가 대문 밖 잣나무에 잣송이를 두 개
떨어뜨린 이야기
얼른 숨겼는데 두리번 거리며 찾는 청솔모
흥미롭다 자연이 얼마나 밀접해서 한갓 미물과도 조화
롭게 살아가는 장면
하느님 창조의 이야기 속에 또 한번 신성함을 느낀다

매일 소독을 하며 지내는 믿음관에 전갈한 심성을 담
고
노아가 방주에서 비둘기를 보내 올리브 순을 따서 돌
아오는
기적과 홍수로 인해 많은 목숨이 지고
새 창조의 세상 무지개의 언약과 새 세계가 펼쳐져
IQ, EQ, SQ의 변의된 의예

인류의 조상이 되고 노아와 인류가 퍼져간 유색인간의
부류사건도

흥미롭고 또 한번 거룩한 하느님의 역사를 인식하며
잘 살아가는데

믿음과 창조의 깊은 사랑이 담겨져 있는 것

일본어로 압제시대 동요를 웅얼거려본다

깨끗한 마음

빵 굽는 냄새가 달콤하던 베들레헴
홈 리스들이 빛 찾아 변화도 없는 셰프의 음성
은인처럼 산란하던 마음의 평형추가
정갈하며 혼곤히 따라붙는 어휘들 추억 속에 갇힌 것
여름 장미처럼 붉게 몰아가고 빛의 산만한
이데올로기가 따뜻하다

생의 심연 계획도 비밀도 없이 허밍으로 묵을 곳 없이
길어 올린 고픈 기도

바람에 쓰러진 낙엽, 수포로 돌아누워
웃어대는 마음이 들리고 푸른 주제
햇살에 어둠이 분연히 움직이며
오늘이 벌써 지나 간것처럼 매일 생각이 정갈하다

한결같은 기억에

텅 빈 뜨락에 낙엽과 햇살과 영혼이 웅성거렸다
사랑과 연민과 용서로 세상 너머의 생
쉽게 받아들인 허물을 참회하는
앎과 사랑이 더 가난해서 답이 없는 삶의 무게

에누리 없이 겪는 허약함과
참된 겸손 아픔이 침몰하는 것들
열린 틈을 통해 사위어 가는 막막한 느낌

가던 길 멈추며 눈을 맞추어 뎃싱을 하며
소소히 지켜보던 거친 마음은 치유를 향해 다가갈 때
귀와 눈이 열리고
삶의 고유

더 흘릴 눈물도 없게 가엾은 슬픔 마음
허약해져 기쁨에는 아픔이 섞여 있어
빛의 타오름 갈수록 평화가 커가기만 하던
환희의 찬미는 아름다운 장미. 피와 살 마음의 평행추

빛의 타오름으로 고통 잊고 슈베르트 청혼의 음악 멘
델스존, 라흐마니노프 등
당신이 청혼하던 날

눈빛과 가슴에는 나비같아 예쁘고 싱싱하며 멋있어졌
고
꽃봉오리가 터지기까지 영혼의 시는 서막이 되어
파랑새 사랑의 말씀에 귀 기울어 지금은 영혼의 뜰

글 속에 담긴 마음

달이 눈부시게 날아든다
이번 삶이 회한 산산이 깨어질 것 같아 실연처럼 베어
내며
별정우체국에 전화를 걸어보고
바람도 제 몸이 서려와 온종일 피리를 분다

은행나무에 까치둥지 두 개가 얽혀있고 뒷산 겨울 양
식을 볼 가득 물고
눈빛 맑은 청설모 잠시 쉬었다 꼬리를 세워 주위를 살
펴
오염 없는 시린 고독
녹여주는 연인 같은 능선

낮은 자존감 은어로만, 영혼은 밤마다 미래로
튀어 오르며 까만 글자들이 잠언으로 절묘하게
멍처럼 까맣게 묻어있다

삶에 생기

희망을 품게 되어 보이는 것만이 아닌
인체의 치유능력 질병에서 벗어난 본질의 몸속에
무수히 넘어지는 먼 미래, Coffee잔이 놓인
다정한 매력 그 처절한 기억을 지구처럼 뱅뱅 돌린다

세상에는 역병과 인재로
아찔한 환희의 총량도 슬픔과 좌절 알 수 없이
눈과 코 중간 부분만 볼 수 있게 결연한 생명력
존중과 배려, 고고하면서 오히려 침묵과 무위에
맑고 깊던 우주음宇宙音 절대적 공허 같다

3부

/

정상석

겨울 편지

하얗게 눈이 쏟아지는 날에는
겨울에 떠난 사람에게
편지를 써서
우체통에 넣어주세요

수북이 쌓인 눈밭에서
장난치며 뒹굴던
행복했던 추억 속으로
데려가 달라는
간절한 사연을
곱게 담아 보내주세요

하늘나라 높은 곳에서
소리 없이 내리는
하얀 입자들이 모여
이토록 가슴 시린 날
그리운 사람이
볼 수 있도록 띄워주세요

그대, 봄꽃이 피는 것을 아는가

그대, 봄꽃이 피는 것을 아는가
슬피 울면 꺼이꺼이 불러도
아직은 차가운 칼바람 부는 겨울이다

외로워서 정말 미치도록 외로워서
그대 사랑을 훔치고 싶어도
그럴 수 없는 이 서글픔이여

느낌으로 알았다.
내가 그대 사랑할 수 없음을
늦은 밤에 초라함을
눈물 한 방울로 알았다.

그대, 내가 죽어 가는 것을 아는가
이렇게 강해 보여도
철저히 이렇게 연약한 꽃잎인 것을
아직도 나의 가슴에 봄이 오지 않았다

나는 신이 아니다

나는 신이 아니다 내가 부처님도 아니고
하나님은 더더욱 아니다

나는 친구의 쓸쓸함과 외로움을 해결해 줄 수 없음을
안타까워하고 있을 뿐이다

아무것도 해결해 줄 수 없는 무력한 나를 느끼며
마음이 아파 차라리 모든 추억들을
잊고 싶을 뿐이다

스님이 당신의 머리카락을 깍지 못하듯이
나도 나의 머리카락 하나 깍지 못한다

나는 모든 일을 해결해 주는
신이 아니기 때문인 것 같다

흰 눈이라도 펑펑 내렸음 좋겠다

그 누구도 눈치채지 못한 구멍 난 가슴
흰 눈이라도 펑펑 내려서 위로해주었음 좋겠다

세찬 겨울바람의 추억 얼은 강물처럼
그리워하다가 하얀 밤을 지새게 하는
가엾은 이름들 부르다 말고 울어버리는
나의 몰골이 초라하다

단 한번도 고백할 기회 없이 사라진
내 마음의 흔적만큼이나 더 큰 시퍼런 멍자국들이
저 꽁꽁 얼어붙은 강 위로 흰 눈이라도 펑펑 내려서
모든 것 지워버렸음 좋겠다

가난뱅이 독백

돈이 없어도 배고프지 않는
방법이 있고

가난에 찌들어 살아도
행복을 느낄 때가 있다

어둠이 깔린 밤이라도
긴 고독을 이겨내고

절대로 새희망 잃지 않고
노력하면
내일을 향해 걸어갈 수 있다

기억의 그림자

아무리 마음속에서 지우려 해도 지워지지 않는
슬픈 이름 하나 있습니다

아무리 생각 속에서 잊으려 해도 잊혀지지 않는
나를 닮은 그 모습 있습니다

이제는 떨쳐버릴 때도 됐는데 그 사랑의 뿌리가 너무
깊어서
아직도 나의 곁에 머물다 가는 그 사람
기억의 그림자

*문학마당 51호 수록

못된 붕어새끼

이빨 빠진
노총각
물가에 가지 마라

못된 붕어새끼 물속에서
메롱메롱 놀린다.

저기 가는 노처녀
뚝방에서 넘어지지 마라

못된 붕어새끼 고개 내밀고
꿈벅꿈벅 놀린다

낙엽의 연기

낙엽이 떨어져요 낙엽이 땅에서 바람에
이리로 저리로 뒹굴고요

낙엽을 빗자루로 쓰는 이의 마음은
머지 않아 제일 먼저 길고도
추운 겨울이 오겠구나 하는
느낌을 들게 합니다

낙엽이 타네요 낙엽 타는 냄새가
지난 추억을 생각나게 하고요

낙엽을 태우는 연기가 하늘로 올라가니
어쨌든 힘겨웠지만 올해도 다 살았구나 하는
생각이 나게 합니다

나는 두 얼굴의 사나이

내 안에는
지금
악마가 있다

나를 화나게 하면
꼭 나와 멀어지고
가슴 치며
후회를 한다

내 안에는
지금
천사도 있다

나에게 진심 어린
사랑을 주면
나는 아름다운
웃음꽃으로 핀다

그대 우는가

구름이 되고서야 비로소 자유로워지는
그대 영혼인가

바람이 만들고 간 흔적 그 회오리가
휩쓸어버린 자리 이젠 소리쳐도
아무런 소용없는가

안타까운 마음에 한참을 바라보다가
마침내 깨달아 가는
연약한 삶이란 말인가

낙서처럼 썼다가 지우개로 지워버린
우리 사랑 같은 몽클함으로
추억 속의 그대 우는가

내가 시를 쓰는 이유

내가 잘 움직여 주지 않고
경직도 심한 손가락 하나로
시를 쓰는 이유는
그래도 내가 이 힘든 세상을 살면서
나 자신과의 싸움에서
이겨냈다고 말하고 싶어서다

처음에 시를 쓰려고
잘 알아듣지도 못하는
나만의 언어로
카세트녹음기에
떠들기 시작했을 때부터
컴퓨터에 글을 써서
지금까지 오기까지
정말 나와의 전쟁은 끝도 없다

그렇지만 나는
나의 생이 다하는 날까지

시를 쓰고 싶고
내가 이 풍진 세상을
떠나야 하는
슬픈 작별의 순간이 올지라도
그 꺼지지 않는
뜨거운 정열의 영혼으로
삶에 지친 이들에게
희망의 매시지를 전하는
영원한 글쟁이로 남고 싶어서다

그리운 사람을 찾는 방법

내가 그리운 사람을 찾는 방법은 그 사람의 얼굴을
잠시 잊는 것이다

그리고 최선을 다해 삶을 살다보면 그 사람과 인연의
끈이
끊어지지 않는 한 내가 먼저 죽어서 저승에 가있을 지
언정
언젠가는 다시 만날 수 있는 것이다

*문학마당 51호 수록

그저 웃지요 1

살다가 외로워지면
그저 웃지요

외로워하다가 사랑이 그리우면
그저 웃지요

못난 가슴 애만 태우다가
그저 웃지요

그저 웃지요 2

그저 새벽비 내리는 것을
가만히 내다보고
기나긴 인고의 세월을 지나온
가엾은 영혼처럼 웃지요

그저 보고 싶은 사람에게
편지를 쓰다가
나의 마음 들켜버린 것처럼
얼굴이 빨개져서 웃지요

그저 허전한 가슴 한 켠에
어쩌다 생긴 그리움으로
떠오르는 언덕에서
끝내는 울지 않고 웃지요

그저 지나가는 시간 속에서
그래도 최선을 다해 살았다고
나 스스로를 토닥여주며

마지막 이야기 속에서 웃지요

나의 마음은

나의 마음은 너와 함께 있으면서
그저 친구하고 싶은데
벌써 시간이 이렇게 되었구나

나의 마음은 너와 아름다운 꽃밭에서
조금 더 놀고 싶은데
목련 꽃잎 바람에 흩날리는구나

나의 마음은 너와 생각 속에 머물고 싶고
끈끈한 우정 나누고 싶은데
지나가는 일 분, 일 초가 소중하구나

나의 마음은 천년만년 변함없는 소나무처럼
행복한 이 자리에 있고 싶은데
깊은 밤 시계 소리만 들려오는구나

노을이 지는 풍경을 보다

시간이 지나가도 너를 그리워하긴 마찬가지다

세월이 흘러가도 네가 생각나는
붉은색으로 물든 저녁 하늘은
점점 아무것도 보이지 않는
암흑 속으로 빠져들고

너를 그리워하는 마음마저도
나에겐 사치가 되어버린 지금
붉게 타는 노을을
바라본들 무슨 소용일까

돼지가 꿀꿀

우리 안에 돼지가 꿀꿀거려도
밥 주는 이 하나 없음
이 또한 슬픈 일이다

배고픈 돼지는 머리에서 연기 난다
화가 난 돼지는 무엇이든
들이박고 싶다

우리 안에 돼지가 배불려야
따뜻한 봄이 오고
행복이 오는 법이다

또 한번의 이별을 준비하며

잃어버린 단어 속에 또 한번의 이별을 준비하며
나 오늘도 당신을 맞이했고 보냈습니다

우리 서로 마음이 통했다면 생각이 통했다면
눈빛이 통했다면 좋았을 텐데
진실한 친구가 되어 닫힌 가슴속에 문을 열고
지낼 수 있었을 텐데

이렇게 깊은 아쉬움의 절벽에 석순처럼 매달려
차디찬 겨울바람에 떨지는 않았을 텐데

당신과 함께 하는 동안 힘들었지만 우리 육체의 아픔
이
서로를 괴롭히지 않았나 싶습니다.

이제 또 한번의 헤어짐을 알아가면서
혹시 당신께 상처가 되실까봐
나 마지막 말도 못합니다.

그저 살다가 정말 다른 사람에게는 더 이해하며
봄햇살 같은 가슴으로 살아갔음 좋겠습니다.

깊은 밤에 또 한번의 이별을 준비하며
혼자 되뇌는 나의 말도
알아 들으실지 모르겠지만

멸치

머나먼 동해바다에서
밥상 위로
올라오기까지
얼마나
힘들었느냐

내 맛있게 생긴 멸치를
고추를 곁들여 볶아
꼭꼭 씹어 먹어줄라니

나의 뱃속으로 어서어서 들어오노라

모기는 갔다

그렇게 웽웽거리며 빨대 꽂고 누군가의 피를
맛있게 쭉쭉 빨아먹던 모기 한 마리
우리에게 깊은 상처와 깨달음을 남겨놓고 갔다

효과 좋은 살충제를 뿌려도 소용없고
그 어떤 강력한 전자모기향에도 죽지 않던
지저분하고 불결하기가 짝이 없는
불청객 모기가 갔다

가는 모기의 뒷모습을 보며 하고 싶은 말은
이 힘든 세상에 다시 태어나서 저 작은 연못에
은은한 향기 풍기는 연꽃으로 피어나 달라고

/

4부

故 이민행 추모시선

서산에 해지는 한 순간

서녘 하늘 구름은 태양을 둘러싸고
파란 시냇물 같은 저 창공에
멀리 멀리 날아가고 싶은 마음
심장이 터질 것 같은
벅찬 하루가 지는 한 순간.

천상의 나라에 나래를 펼치는
저 새는 날개를 휘휘 저어
어디론가 사라지고
나는 그저 바라만 볼뿐
아무 말도 할 수 없겠네.

기막힌 순간이 나를 덮쳐
고개를 숙이고 마는
나는 지상의 어린이.
엄마가 보고픈 아들
저 천상 잔치에
아버지가 기다리고 있겠구나.

담배 한 개비에 밤의 정적을 실어

눈에 어둠이 부딪힌다 손이 저절로 담배 갑을 잡았다
손가락이 떨리고 담배도 흔들거렸다
담뱃불만 반짝이다 꺼버린 다음
방구석에 또 몸을 쑤셔 박는다
두 시간이나 되었을까 다시 일어나보니
밤은 그대로이고 아침은 기척이 없다
밖에서 툭하고 떨어지는 신문소리
그 소리가 얼마나 반가운지
수험생처럼 탐독해 나갔다
숨통을 조이다 연 것처럼 한숨을 쉰다
다시 담배를 피워 안도의 연기를 뿜어낸다

얼굴

이제 얼굴도 피부도 상하고
흰머리까지 제법 드러났다
여기까지 얼마나 드센 바람 헤쳐 왔는지

그러나 가진 것은 없다
테이블 위에 책 몇 권 쌓여가는 것은
농부가 추수하고 곡물을 쌓듯이
고작 그것이 재산이다

마음이 삐뚤어서인지
십자가가 삐뚤어지게 걸려 있다

산다는 것이 제 맘대로 안되는 것처럼
청춘이 도망간 얼굴도 붙들 수 없다

룰루랄라 아저씨

우리는 만나면 저절로 웃었다
서로가 재미있기 때문이다
룰루랄라 아저씨가 사정없이 떠들어댄다
우리는 웃는다
막걸리를 사드린다
좋다고 마시고 떠들다 이차를 간다
그런 룰루랄라 아저씨가 오늘은 아프시단다
참 별꼴이다 그에게도 고민이 생겼다
아들이 실직하여 자기를 감시하는 것이다
졸졸졸 아버지를 감시한다
막걸리를 마실까봐
오늘은 잠시 들러 내 방에 왔다 갔다
항상 좋더니만
오늘은 꽤나 편찮으신가 보다
우리 룰루랄라 아저씨

집수리

헐어라, 헐어라 벽을 헐어라
구들장을 괭이로 드러내어
돌을 굴려 새 벽을 만들고
방고래를 다시 만들다
우리도 퀘퀘묵은 집수리하여
새 집을 꾸며 보자꾸나
옛집을 헐어
벽에 페인트 다시 칠하고
장판지도 다시 깔자구나
세상은 변해간다
옹고집을 세우지 말자
몸에 걸치는 옷들도 바꿔보고
옷장도 새로 갈아 보자꾸나
새마음으로 묶은 때를 벗고
새롭게 새롭게
또 한번 살아보자꾸나
새 시대 새 날
옛 뼈대는 남겨두고

치장을 다시하자
그리하여
노인들 젊은이 함께 사는
새 집을 만들어 보자꾸나
꾸미어 보자꾸나

흑백사진

흑백사진을 보면 아득한 전설 속 이야기 같은
그 옛날이 어럼풋이 생각이 나

76세 되시는 형님이 장가들던 날
온 식구가 마루에 배경을 깔고
나는 조그만 아기로 어머니가 안고 찍은 것
누나들은 집에서 가위로 대충 잘라 낸 머리를 하고
촌스럽게 서 있는 모습
새색시로 예쁘장하게 서 있는 형수의 모습

소풍가서 친구들과 폼을 재며
김밥을 먹고 난후 포즈를 취하는 모습
초등학교 졸업식 날
어머니와 담임선생님과 함께했던 사진사 앞의 모습
월남 갔다 돌아 온 형님들의 군복 입은 모습

그래, 그땐 그랬다
동네 TV가 한두 대밖에 없어

사람들이 우루루 몰려 TV를 시청하던 그 시절
형님들은 하루 종일 벼 타작 하고 썻고 와서
피곤한지도 모르고 흑백 TV를 시청하던
그때 그 시절

하루를 산다는 것은 인생을 사는 것

하루를 사는 동안
어쩌다 누군가의 말에
용기를 갖고 한나절을 보내고
예측 못한 일에
주저앉는 것이 우리들의 하루

허물어지는 절망은
구름사이로 비추는 햇빛에
웃음을 자아내고
희망찬 아침을 힘내어 걸어 보지만
무거운 어깨의 짐에
또 다시 넘어지는 하루
돌부리에 채여 넘어지면
아픔을 딛고 일어서는 것

끝이 저기 있지만
가도 가도 무지개처럼 우리를
홀리게 하는 것이

우리들의 삶

그대 뒷모습

뛰지 마
그러면 너는 볼 수 있을 거야
네 주위에 많은 아름다운 것을
꽃 속에 사랑이 가득한 세계가
있는 걸 모르니

뛰지마
그러면 너는 찾을 수 있어
길가 돌틈의 너만을 위한 다이아몬드를
멈추어 서면 알 수 있을 거야

너는 많이 뛰었지만 항시 그 자리인 것을

어머니

어머니 이 아들을 안으세요
어릴 적 재롱부려
흐뭇해하던 그 얼굴로
이 아들을 다시 한 번 안아 주세요

사랑하나 얻지 못하고
어디든 홀로 방황해야 하는 이 아들을
당신의 푸근한 가슴으로 안아 주세요

이제 떠나야 뻔한 길인데
그때까지 만이라도
당신의 품에 안기게 해 주세요

멀리멀리 있지 마세요
내 가까이서 사랑을 만날 때까지
당신의 가슴이 내 보금자리가
되게 해 주세요

절망

네 끝은 어딘가 절망! 네 끝은
거침없이 밀려온 시간들
내 마음이 아닌
나를 밀어 여기까지 오게 한
네 끝은 어디

오는 도중 간간히 스치는 이슬방울
입술대고 갈증을 채웠다
말해보고 싶다 네 끝은 어디냐고
네가 그렇게 나를 붙잡고
떨어질 줄 모르는 운명이라면
내가 너의 친구 되어 주마
하지만 나는 또 다른 친구가
있기에 너만을 사귀지는 않겠지
그 친구는 바로 너와 상극하는 희망
희망이 나의 친구가 될 수 없다면
너 역시 나의 친구 될 수 없단다

바람

오늘도 너는 내 곁에 내가 얼마쯤 커갈 무렵
친구 된 너는 나를 에워싸고
이리저리 내 발길 닿는 곳마다 있었다

너는 나의 자랑 오랜 친구 동반자
때로는 순풍인가 하면 역풍이었고
회오리도 있었다
그리워 너와 함께 찾은 고향
이쯤에서 멈추고 싶지만
너와 나의 운명은 멈출 수가 없는 것
이제 다시 너와 나의 길은 어디로인지
멈출 수 없는 원점에 서있다

다시 오리라

저만치 멀리 있고자 한다
부딪혀 깨짐보다
한 발치쯤 뒤
한 아름 상처 어루만지고 싶다
아무러 지는 날
아무도 모르는 그날
조심스레이
살며시
다시 오리라
살얼음에 발길 놓듯이
또 하나 아픔 없길 기도하면서

기억상실증

짙은 안개 속 별 없는 밤
무엇인가 희미하긴 한데
아 그것이 무엇인지

지나온 날 침침해지고
오늘은 어디쯤 서 있는지
또 내일은

하지만 또렷한 것은
내 영혼이
저 뜨거운 태양에 불타버린
바로 그날
나는 먼 타향의 길에서
삶의 터전 잃고
밀리는 고독 이기느라
온 살결 바싹바싹 움쳐들고

머리카락 쭈뼛쭈뼛 위로 치켜 올려졌다

아래로 힘없이 가라앉아
내 의지가 최상에서 무너진 그 이후
나는 다른 길을 갈 수 없는
필연의 이 길만은 걸어야 한다는 것

징골 낙엽송

가시 잎사귀 밑으로 곱게 깔아
한 걸음 한 걸음에 푸근푸근한
가운데 가로질러 생긴 오솔길
행인 없이 가시덩굴 무성하고
이파리 떨어진 가지 틈 사이
맑은 햇살 비춘다
그 옛날 어느 한여름 콩밭 일굴 때
그늘지어 쉼터 되어 주던 곳
긴 세월 흘러 커버린 너는
쉰이 넘어 여기저기 허옇게 쉰 머리
돋아나는 나를 키워 온
내 맏형이다

아랫마을 청년의 죽음

스물아홉에 그렇게 극명한 고독이 있었나 보다
멀리 삶의 아득함에 어쩔 수 없이 눌려 버렸나 보다

세월은 왜 잊는가
두고두고 넘고 넘으라 한 것이 아닌가
그런데 그대는 한 순간에 짓눌린 짐을 던져보고 싶었
나 보다

모든 만사 초연한 듯하더니
읍내 호프집에서 한잔 들며 껄껄 웃더니
그런 며칠 사이에 그대와 나 사이
불러 보아도 반향할 수 없는 다른 세계

아 그대는 세상 두려움 떨치고
그대가 꿈꾸던 그런 세상으로 떠났는가
아니면 아무것도 아닌 듯이
그대로 없어짐이 되어 버렸나
며칠이 지나도 소문조차 나지 않는 죽음의 이별을

그대는 왜 택해야 했는가

번번한 안타까움일 뿐
이제 내 수첩 속 그대 전화번호 지워야겠네

시든 꽃

네 꽃망울이 예뻐서
땅속에 뿌리박은 사연을 모르고 꺾여
한갓 꽃병 속에 자라다 시드는
너의 마음 누가 아는가

유독이 눈에 띄어
선택된 기쁨보다
작은 공간 불평하며 말라가는
너의 설움 누가 달래줄 수 있을지

차라리 너의 자태
수그러뜨리고 몰래몰래 자라다가
지는 줄 모르게 갈 일이지

생김이 예뻐서 남다른 모양이기에
안아야 하는 상처를
너는 알고 있는지

무덤을 바라보며

한동안 해는 서산에 걸쳐 있다가
여린 빛발하며 산중턱 무덤 위를 쓸고 간다
흐릿한 마지막의 빛을 받는 이 무덤은
누구의 것일까
묘비 없이 쑥 풀 돋은 몇 평짜리 떼 밭
석 벼래 흙에 묻혀 누운 이 사람은
세상에 나와 무엇을 하다 이곳에 말없이 묻혀있는가
행복했을까 가난했을까 부자였을까

소나무 늘어지고 억새풀 솟아 있는 산중턱에
홀로 봉을 드리고 있는 이 무덤의 주인은
죽어서 무엇이 되었을까
양 갈래로 늘어진 솔밭 가운데
홀로 산길을 행하는 나를 숙연케 함은
긴 세월 후 맞이해야 할 죽음 때문이라

음지

아직도 내가 걷는 길엔
아침 안개 속에서 제 모습 드러내지 않는
낙엽송 즐비한 덩굴 우거진 그런 숲길이다
저 건너 보이는 산에는 햇살이 드리워져 있건만
아직도 내가 밟는 풀 섶에는 이슬이 채이고
저 높이 하늘가에서는 간혹 햇살이 손짓한다
조금만 더 가까이 가고 싶고
팔 벌려 한 아름 밝고 따뜻한 빛 안고 싶지만
기다려야 한다고,
이슬방울 채여 차가와지고
허름한 옷은 음지에 눅눅해져 있는데
그래도 또 기다려야 한다고
저 하늘가의 태양빛이 내 자리를 비출 때까지

자정이 넘은 시간

자정이 넘은 시간의 밖은
장마의 굵은 빗줄기가
감나무 잎사귀를 두드려
내 깊은 밤의 고적을 흩게 하고
장독대 덮어둔 양철 그릇은
빗방울에 맞부딪혀 항의라도 하듯
쨍쨍거린다

이 깊은 밤에 자동차를 몰며
빗길을 달리는 사람은
어디로 무엇을 하러 가는가

한 낮에 시내에서 바쁜 걸음으로 행보했던 나는
보도블록 위에 미세한 발자국을 얼마나 남겨 놓았는가

까닭 없이 잠 못 이뤄 온 밤을 지새우는 날은
얼마나 더 지속될 것인가

허무의 터널 얼기설기 얽혀진 사념의 복잡성
그리고 깊은 회의와 조각나는 의미
저장된 세월을 까발려가며 얻어가는 것은
손가락 사이 다 빠져나가는 그 무엇일 뿐

저 설산에 봄이 온다면

냉랭한 겨울 창 너머 산에
봄꽃이 핀다면 나는 좋겠네
하얀 눈 내린 저 두렁에
풀 돋아난다면 나는 좋겠네
기다림 속의 사람 올 것 같아서

저 들녘에 아지랑이 피어난다면
나는 좋겠네
내 님과 같이 나물 캐는
그런 만남 될 것 같아서

지나가는 사람들 봄내음에
흥겨워 할 때 나는 좋겠네
그 사람들 내 님 소식 전해주기에

저 언덕길에 따뜻한 온기
내린다면 나는 좋겠네
내 님 마중 나갈 일 있기에

2013년 5월의 나

짙은 어둠 속 살을 여미는 외로움 속에
서서히 찾아든 것은 참빛이었다
금주를 시작하고 맞이하는 삶은
푸른 하늘 하얀 뭉게구름 흘러가는
청명한 봄날 화사하게 피어나는 꽃들과
푸른 녹음 그 자체였다
젊은 날의 방황과 허비된 생은
오십이 넘어서야 종지부를 찍었다
산행을 시작하고 오늘을 맞이한 것은
고단한 하루의 일정이었지만
캄캄한 어둠이 있었기에
그 맑은 오늘은 더욱 찬란하게 빛났다
나는 늦게 시작이 이루어진 것이지만
처음이 있다는 것이 너무나 가슴 벅차고 설레인다

시집을 읽으면서

봄날이 왔지만 여행 한 번 가기 힘들다
아파트에 마련된 의자에서 주민들과
이런 저런 소리 주고 받는다

햇볕은 따뜻해 아픔을 감춰 주었다
분식집 통통 살이 찐 주인 아줌마네서 라면을 먹었다

돌아와 시집을 꺼냈다
쫓아갈 수 없는 것만 같았다
생각 중에 또 읽기 시작했다

몇 장 읽고 또 쉬고, 또 몇 장을 읽었다
배를 깔고 담배를 피우기 시작했다

천장에 시선을 놓고
시, 시, 시 중얼거렸다

시집 책장을 또 열었다

혼자 산다는 것

단란한 가정을 이루며 산다는 것이 부럽기도 하다
긴 세월을 혼자 보낸 날이 벼저리게 외로운 날도 있었
지만
이제 혼자 산다는 것이 익숙해져 있다

찌개를 끓일 때 끓는 소리와 전기밥솥에서
김 방울이 시작될 때 나에게도 생기가 생긴다

명상을 많이 갖는 시간이 좋았고 내가 활용할 수 있는
시간이 좋았다
스스로 나이에 꺾임을 당한 것도 사실이다

가끔 동네 아줌마들이 반말을 한다고 구박을 주지만
그때 뿐이다
최상의 삶은 못되지만 차선으로 사는 방식이다

어둠의 터널

어느 후미진 곳에서
어둠이 나와 내 주위를 휘감더니
그때부터 어둠은 감당하지 못할 긴 세월로
나를 훱싸 안았다
더욱 짙어만 가는 앞을 볼 수 없는
숱한 세월을 흘려보내면서
청춘도 가고 젊음도 도둑맞아
내 삶을 소주병에 의존하며
그 시간들을 달래느라
위험 지경에까지 와서
그 놈이 깨뜨려지는 순간
빛은 나를 기다리고 있었다

아랫마을 청년의 죽음으로부터 온 자각

— 故 이민행 시인 추모 및 이시운 · 이경숙 · 정상석 시인의 신작시
중심으로

박재홍 | 시인 · 문학마당 주간

붓다의 자각이 배타적 종파성을 전제하는 것은 아니었
습니다. '대한민국장애인창작집'의 시작은 '장애인문학'
이라는 어떤 전통에 속해 있는 예술인들이 구축한 '문학
인'이라는 구성원에 들어서지 못한 왜곡된 편견을 깨기
위한 '장애인문화운동'으로 시작된 문학을 통해 수행한
다면 장애 · 비장애 누구나 대자유에 이를 수 있다는 믿
음이라는 대전제가 있었습니다.

대한민국장애인 창작집필실에서는 故 이민행 시인의
소천을 연기적 관점에서 사물에 대한 고유한 실체성, 혹
은 자성을 부정하여 함께 활동했던 대한민국장애인창작
집필실 동인들과 함께 작품론을 거명하게 되었습니다.
그리하여 모든 게 소멸해 가는 일상에서 문학이 얼마나

아름다울 수 있는지를 살펴볼 수 있었습니다. 처음이자 나중되고 장강에 물길이 뒤에서 와서 앞으로 나가는 순서대로 故 이민행 시인 추모 및 이시운·이경숙·정상석 시인의 신작시를 중심으로 살펴보기로 합니다.

숨어도 보이는 넝쿨 장미처럼 각자의 삶은 빛난다 저마다 가진 질그릇의 모양처럼 어우러지고 인정하는 각자 가진 특별한 빛이 있는 발원처를 갖고서 적요함 속에 깃들어야 비로소 만나지는 속마음
— 이시운 시인의 시 「기도」 전문

스스로의 장애를 일상에서 부딪치는 피하고 싶은 진실을 만나게 됩니다. 이시운 시인은 아직 젊은 MZ세대의 소통방법에 익숙한 사람으로 작품활동뿐만 아니라 다양한 접근 방식의 체험위주로 정통적인 사회구성원들과의 대화법이 아닌 인권에 대한 근저의 사유체계로 인한 자기 중심적 사고의 시편들임을 살펴볼 수 있습니다. 하지만 순간순간 빛나는 기도 같은 시는 제한된 활동 속에서 세상을 향한 스스로의 수행에 대한 이해가 깊다고 보여집니다.

인생 그 주어진 공간 보는 대로 다르다 낭떠러지 끝자락 그 언저리 바람 불면 떨어질 듯 아슬아슬 초점 없이 허망하

게 서서 탓하며 바라보는 마음이 스스로의 인생 뒤흔들고
낭떠러지 끝자락 그 언저리 한 발짝 걸음 내어딛자 바다 향
해 떨어질 때 용기 내어 손을 뻗자 한 줄기 따뜻한 온기가
다가옵니다 서늘한 바람으로 찾아온 아주 작은 것 용기 나
를 향한 화해에 이르게 됩니다
　　― 이시운 시인의 시 「이해」 전문

스스로 살아온 과정에 대한 인식의 범주로 인하여 세
상과 화해할 수 없는 부조리한 장애인의 삶의 실체에 대
한 화해의 노력을 이시운 시인의 연령대가 말해줍니다.
'왜' 말이 스스로에게 무한 반복될 수밖에 없는 여정의
궤적이 있기 때문입니다. '많은 사람들 중에 왜 내가 장
애를 혹은 다들 인정하지 않는데 나만 인정을 왜 해야 하
지? 내가 장애라서 그런가? 왜곡되고 편견이 있고 차별
받는 게 사실이고 모든 국가적 혜택에서 배제된 제도적
차별도 받고 있고 교육이나 환경 생태적 삶의 안전망에
서도 배제된 것이 사실이야 싸워야 해 이것은 하나님도
한편이야' 라고 되묻고 있는 삶을 짊어지고 있습니다. 그
렇게 삶을 영위하는데 인과성으로는 풀 수 없는 철학적
명제를 소라게처럼 짊어져야 하는 숙명적 삶이지만 시를
통해 이시운 시인은 빛을 찾아가고 있고 스스로에게 화
해를 구하는 문학의 치유적 기능이 작품의 곳곳에서 선
명해 보인다는 점입니다.

더는 찾아낼 수 없는 순간들을 가장 멀리하는 심령까지 온통 열려있는 문으로 가득하지만 가장 행복하게 쏟아놓은 질서 속에 네 피는 맑은 햇살처럼 마파람에 나뭇잎들의 속삭임밖에 들리지 않았다

가을비 흠씬 젖어 있는 곳 온갖 마법과 비밀을 품고 있는 것 같아 경험치 못한 새로운 욕구 비를 보며 울부짖는 내 울음 같다 고개를 들고 복부 한가운데로 한줄기 에너지를 힘차게 분출시켰다

묘미로군 자연의 웃음소리는 언젠가 유토피아적 사회를 만들게 되면 모든 사회의 구성원이 훌륭한 형태의 예술인 셈이지 라고 말하자 가을 하늘 지붕 삼고 숲속 홀로 사는 절규가 뇌 속에 접혀있는 마음의 껍데기, 메아리처럼 찬기운이 조금씩 발을 갉아 먹고 있는 듯한 불빛 하나가 어른거렸다

반가운 마음 온갖 상념을 털어내고 어지럽게 춤을 출 때만큼 행복했으리 한기로 피로감이 엄습해 온갖 상념 파수꾼의 아킬레스였다 빛을 받은 얼굴이 유령처럼 보여 구원받기 위한 캠프에 사람이 숨어 있어요, 손가락을 부추기다 그녀의 추억에는 카르반 유숙, 아름다운 하룻밤이었다
　　— 이경숙 시인의 「카르반의 밤」 전문

이경숙 시인의 시 '카르반의 밤' 숙성된 시작 형태의 구조적 사유와 일상에서 만나는 시적 허용의 세계 속에 완성도가 높은 시를 쓰는 여류 시인입니다. 故 이민행 시인과는 용인문학회 문우이기도 합니다. 시인의 삶을 사는데 있어 고유한 실체성에 대한 관념적 자성과 대화를 통해 실체의 명시적 부분보다는 신화적 상상력에 닿아 있어 읽는 이로 하여금 그녀의 새로운 세상에 인도를 받는 느낌이 강할 것입니다.

누구도 용서할 수 없는 살아가기 답답하고 목마를 때 뇌리에는 죽지 않은 기다림 마음의 크기는 아니요 세상의 이치는 어린아이의 눈빛을 하고 세례수로 한 생을 이상의 가지 위에 발갛게 걸어두고 겨울 항아리에 가득 담긴 나의 언어로 포도주를 짜야겠습니다

추운 마음 외롭다는 것은 느슨한 팝송처럼 해 질 무렵 더욱 따사롭게 다가서는 것 나부대며 부신 거리 여름내 상처가 나 너도나도 익어서 염려되었습니다

감미로운 클래식 음악을 켜고 따뜻한 모닝 커피를 마시며 여유롭게 책장을 넘겨 일상의 고단함과 피로를 달래주는 소소한 행복은 시를 쓴

그 분망한 여유도 앗아가는 슬픈 야성에 겨울이 오면 더
진한 눈물 이별의 시를 쓰고 눈 속에 묻어 허공에 엮다 보면
가을이 머문 슬픈 무소유인 길이 슬프고 기도를 챙기며 운
명처럼 어지러워 절망을 두려워하는 예지자인가?

숲사이 강물은 낮은 곳으로 모입니다
— 이경숙 시인의 시 「비련(悲戀)」 전문

이경숙 시인이 직시하는 일반적인 성향은 사람들은 여
러 성향의 이유와 사상적 기조에 대한 보편성보다는 성
향이 다름을 알 수 있습니다. 일반 사람들보다는 실체론
적 사유를 탐닉하는 익숙성이 전통적 신화적 상상력의
원형에 접근해 있음을 짐작할 뿐입니다. 아마 대중성을
획득하거나 많은 사람들 앞에 그녀의 특별한 시적 성과
가 알려진다면 새로운 독특한 여류 시인군에 속할 것이
라고 사려됩니다.

또, 정상석 시인은 세종도서문학나눔 우수도서를 통해
알려지기도 했지만 사회적 폭력에 피해자로 널리 알려져
사회구성원들에게 안타까움을 준 사실이 있는 시인으로
와상환자다. 활동의 부자유는 물론 경험에 대한 다양한
노력을 할 수 없는 시인이 시를 통해 구원된 세상을 각별
했습니다.

하얗게 눈이 쏟아지는 날에는
겨울에 떠난 사람에게
편지를 써서
우체통에 넣어주세요

수북이 쌓인 눈밭에서
장난치며 뒹굴던
행복했던 추억 속으로
데려가 달라는
간절한 사연을
곱게 담아 보내주세요

하늘나라 높은 곳에서
소리 없이 내리는
하얀 입자들이 모여
이토록 가슴 시린 날
그리운 사람이
볼 수 있도록 띄워주세요
— 정상석 시인의 시 「겨울편지」 전문

  모든 행위가 수동적이고 누군가의 일상의 도움을 받아
야만이 가능한 겨울편지입니다. 그런점에서 이 시는 사
물의 배후나 근정에서 불변의 실체성의 현재를 만난다.

그의 장애가 실체적 진실이고 또 그로인한 '사회적 함의'의 도움이 필요한 것입니다. 이는 문학적 창작품의 속에서 여실이 드러나지 않는가라고 되묻게 됩니다. 하지만 그 시적 공간안에서는 얼마나 투명하고 따뜻한 시선을 유지하는지 그를 직접 만나보지 않아도 보이는 것이 사실입니다.

그대, 봄꽃이 피는 것을 아는가
슬피 울면 꺼이꺼이 불러도
아직은 차가운 칼바람 부는 겨울이다

외로워서 정말 미치도록 외로워서
그대 사랑을 훔치고 싶어도
그럴 수 없는 이 서글픔이여

느낌으로 알았다.
내가 그대 사랑할 수 없음을
늦은 밤에 초라함을
눈물 한 방울로 알았다.

그대, 내가 죽어 가는 것을 아는가
이렇게 강해 보여도
철저히 이렇게 연약한 꽃잎인 것을

아직도 나의 가슴에 봄이 오지 않았다
— 정상석 시인의 시 「그대, 봄꽃이 피는 것을 아는가」 전문

정상석 시인은 봄이 오거나 봄꽃이 피는 것에 대한 인식이 가장 늦은 장애를 갖고 있으면서도 묻습니다. 사랑하는 사람에게 스스로 틔우는 봄의 꽃을 아느냐고 묻는데 그곳에서는 외로워서 미치도록 외로워서 사랑을 훔치고 싶은데도 사랑할 수 없는 자신의 이생의 실제가 있습니다 그리고 아무리 스스로가 능동적 성향의 이해를 갖고 있어도 초라하게 거절당할 것이라는 전제를 이 한 편의 시에서 세상은 봄이어도 스스로의 가슴은 봄이 오지 않았습니다고 결정하며 문을 닫고 있습니다. 그는 연기와 공은 비실체론적 세계관의 필연적 귀결이고 비실체론적 세계관의 핵심 자체에는 고유한 본성이나 실체성이 없다는 불가의 중론을 이해한다면 스스로 '장애'라는 주제 자체가 주제가 될 수 없는 공사상에 이를 텐데 하는 안타까움도 보입니다. 어찌되었든 정상석 시인의 맑은 시는 세상 사람들이 한 편의 연가곡처럼 받아들인다면 투명한 사랑의 힘을 느낄 수 있으리라 봅니다.

짙은 어둠 속 살을 여미는 외로움 속에
서서히 찾아든 것은 참빛이었다
금주를 시작하고 맞이하는 삶은

푸른 하늘 하얀 뭉게구름 흘러가는

청명한 봄날 화사하게 피어나는 꽃들과

푸른 녹음 그 자체였다

젊은 날의 방황과 허비된 생은

오십이 넘어서야 종지부를 찍었다

산행을 시작하고 오늘을 맞이한 것은

고단한 하루의 일정이었지만

캄캄한 어둠이 있었기에

그 맑은 오늘은 더욱 찬란하게 빛났다

나는 늦게 시작이 이루어진 것이지만

처음이 있다는 것이 너무나 가슴 벅차고 설레인다

— 故 이민행 시인의 시 「2013년 5월의 나」 전문

　故 이민행 시인을 처음 볼 때인 것으로 기억됩니다. 붉은색 파카에 부스스한 우울감 짙은 눈빛으로 나와 기념사진을 찍었던 것으로 기억합니다. 대한민국장애인창작집발간 사업을 통해 본격적으로 민·관협력사업을 통해 장애인문화운동을 시작할 무렵이었습니다. 담배를 좋아하고 장난기가 있으며 군에서 구타로 인한 정신질환을 앓게 된 전도 유망한 철학도이자 문학도의 모습이 그 사연이 국가가 사회가 지키지 못하고 평생의 업을 짊어지고 살아가는데 얼마나 가슴을 아프게 만들었는지 모릅니다. 그의 죽음은 쓸쓸했다. 세상에는 코로나19가 횡횡했

고 가족도 없이 조카가 배웅했다는 말을 듣고 참으로 남
의 일 같지 않았습니다.

　　스물아홉에 그렇게 극명한 고독이 있었나 보다
　　멀리 삶의 아득함에 어쩔 수 없이 눌려 버렸다 보다

　　세월은 왜 잊는가
　　두고두고 넘고 넘으라 한 것이 아닌가
　　그런데 그대는 한 순간에 짓눌린 짐을 던져보고 싶었나
보다

　　모든 만사 초연한 듯하더니
　　읍내 호프집에서 한잔 들며 껄껄 웃더니
　　그런 며칠 사이에 그대와 나 사이
　　불러 보아도 반향할 수 없는 다른 세계

　　아 그대는 세상 두려움 떨치고
　　그대가 꿈꾸던 그런 세상으로 떠났는가
　　아니면 아무것도 아닌 듯이
　　그대로 없어짐이 되어 버렸나
　　며칠이 지나도 소문조차 나지 않는 죽음의 이별을
　　그대는 왜 택해야 했는가

번번한 안타까움일 뿐

이제 내 수첩 속 그대 전화번호 지워야겠네

— 故 이민행 시인의 시 「아랫마을 청년의 죽음」 전문

위 시에 보여지는 이민행 시인의 타인에 대한 생각이 머무는 시편 중 하나로 2022년에 그를 배웅하기 위해 기록으로 남기고자 합니다. 되묻지도 첨언하지 않으며 매년 그를 추모하기 위해 쓸쓸해 하지 않도록 이 사업이 진행되는 내내 기억하도록 할 것입니다. 스스로의 아픈 병증을 짊어지고 사는 것도 억울한데 세상에 하나밖에 없는 조카의 배웅을 받으며 등을 보였을 그를 위한 기록으로 남기고자 합니다.

일반 작가들의 교조적 시각이나 조직적 폄훼를 고려하지 않은 것은 아닙니다. 운영도 다른 수행 집단과의 차별성보다는 창작품에 대한 '장애'로 인한 편의와 효율을 고려하였습니다. 그러다 보니 동시대의 다양한 견해를 수용할 수 있었습니다. 결국 경험적 사실에 부합하지 않거나 이성의 영역에서 규명되지 않는 형이상학적 논의는 단호하게 배격하는 절제도 있었습니다. 그것은 현실적인 이유요 비판적 사유에서 오는 장애와 비장애인의 소통을 위한 소전제라고 할 수 있습니다.

'무자성이므로 공하다(無自性故空)'는 것은 삶의 변주와

도 같고 장애인문학의 부연에 지나지 않는다. 삶의 공성
을 채우는 실체론적 입장의 대한민국장애인창작집 발간
사업의 자성(自省)이 있다고 가정할 때 드러나는 사회적
모순을 회복하는 계기가 되는 현정(顯正)의 사회적 가치
가 출현할 것임을 믿는다.

2022 장애인 창작집 발간지원 사업 선정 작품집

아랫마을 청년의 죽음

1쇄 발행일 | 2022년 12월 20일

지은이 | 이시운 외
펴낸이 | 정화숙
펴낸곳 | 개미

출판등록 | 제313 – 2001 – 61호 1992. 2. 18
주소 | (04175) 서울시 마포구 마포대로 12, B-103호(마포동, 한신빌딩)
전화 | (02)704 – 2546
팩스 | (02)714 – 2365
E-mail | lily12140@hanmail.net

ⓒ 이시운 외, 2022
ISBN 979 – 11 – 90168 – 56 – 4 03810

값 10,000원

발행기관 | 장애인인식개선오늘 **(042)826-6042**
주최 | 장애인인식개선오늘(고유번호 305-80-25363. 대표 박재홍)
주관 | 대한민국 장애인 창작집필실
심사 | 발간지원 사업 심사위원회
후원 | 대전광역시, 대전문화재단, 갤러리예향좋은친구들, 문학마당, 한국장애인
     문화네트워크, 드림장애인인권센터, 대전광역시버스사업운송조합, (주)맥
     키스컴퍼니, (주)삼진정밀

문의 | (042)826-6042